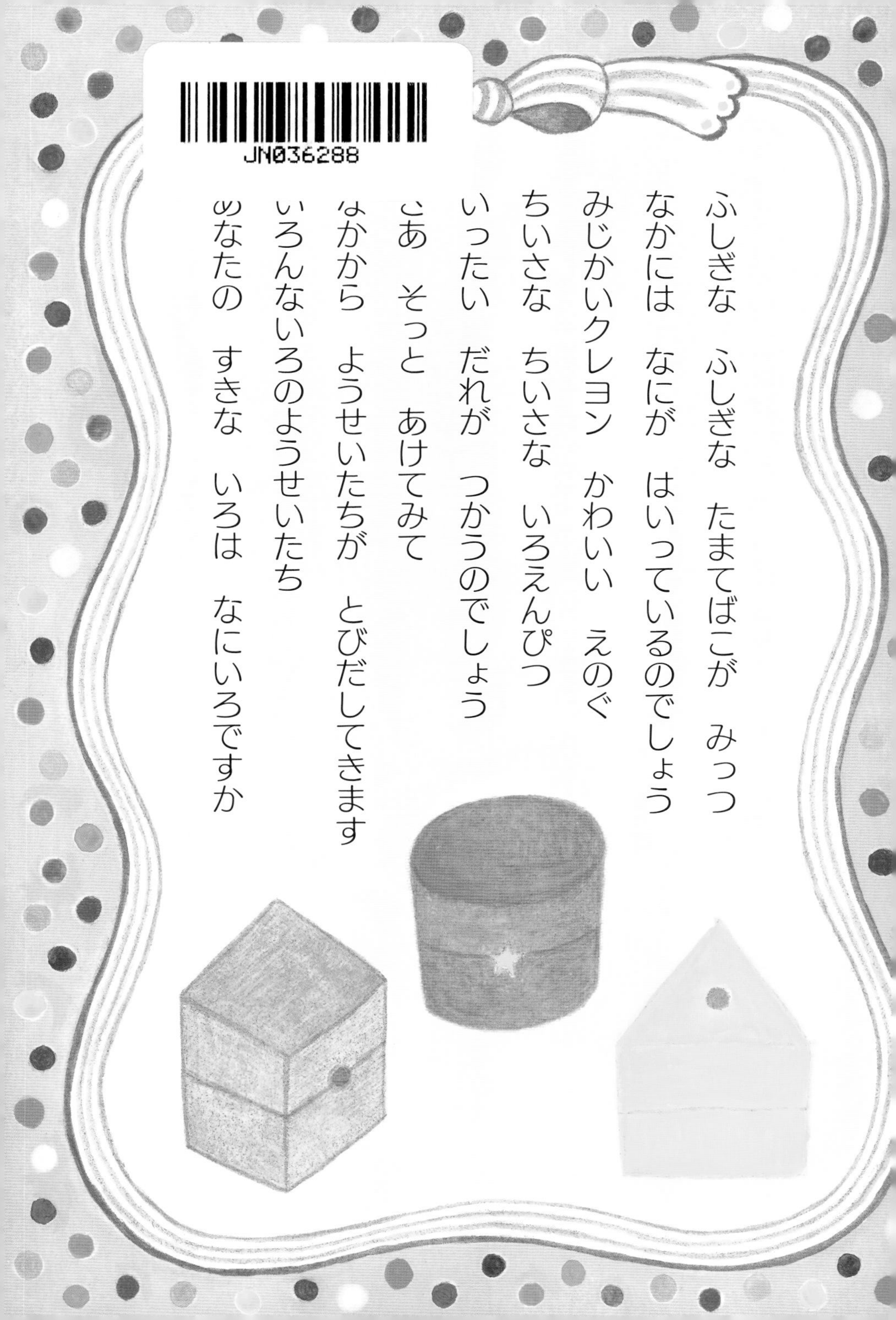

ふしぎな　ふしぎな　たまてばこが　みっつ
なかには　なにが　はいっているのでしょう
みじかいクレヨン　かわいい　えのぐ
ちいさな　ちいさな　いろえんぴつ
いったい　だれが　つかうのでしょう
さあ　そっと　あけてみて
なかから　ようせいたちが　とびだしてきます
いろんないろのようせいたち
あなたの　すきな　いろは　なにいろですか

ようせいじてん
色のようせい
12色
+1
小手鞠るい・作
くまあやこ・絵
しろの
ようせい
おえかき
だいすき
10
あおの
ようせい
どこまでも
あおいそら
4
くろの
ようせい
やさしい
まほうつかい
16
ちゃいろの
ようせい
ものがたりの
はじまり
28
みずいろの
ようせい
みずたまの
ファミリー
22

きいろの
ようせい
ようきな
まほうつかい
40
みどりの
ようせい
おひさま
だいすき
34
あかの
ようせい
ひみつの
ラブレター
46
ピンクの
ようせい
ラブリーな
おひめさま
58
オレンジいろの
ようせい
ゆめは
なにいろ
52
きんいろの
ようせい
オーケストラの
しきしゃ
70
ぎんいろ
ようせい
ひかりの
あめ
64

あおのようせい

どこまでも あおい そら

ぼくの　なまえは　ブルー
なつの　あさに　ぼくは　うまれた
ちからづよい　たいようの
ひかりに　つつまれて
ぼくは　なつが　だいすき
どこまでも　どこまでも　あおい　そら
さあ　とんでいこう
あおい　えのぐと　パレットを　てに

asagao
Tsuyukusa

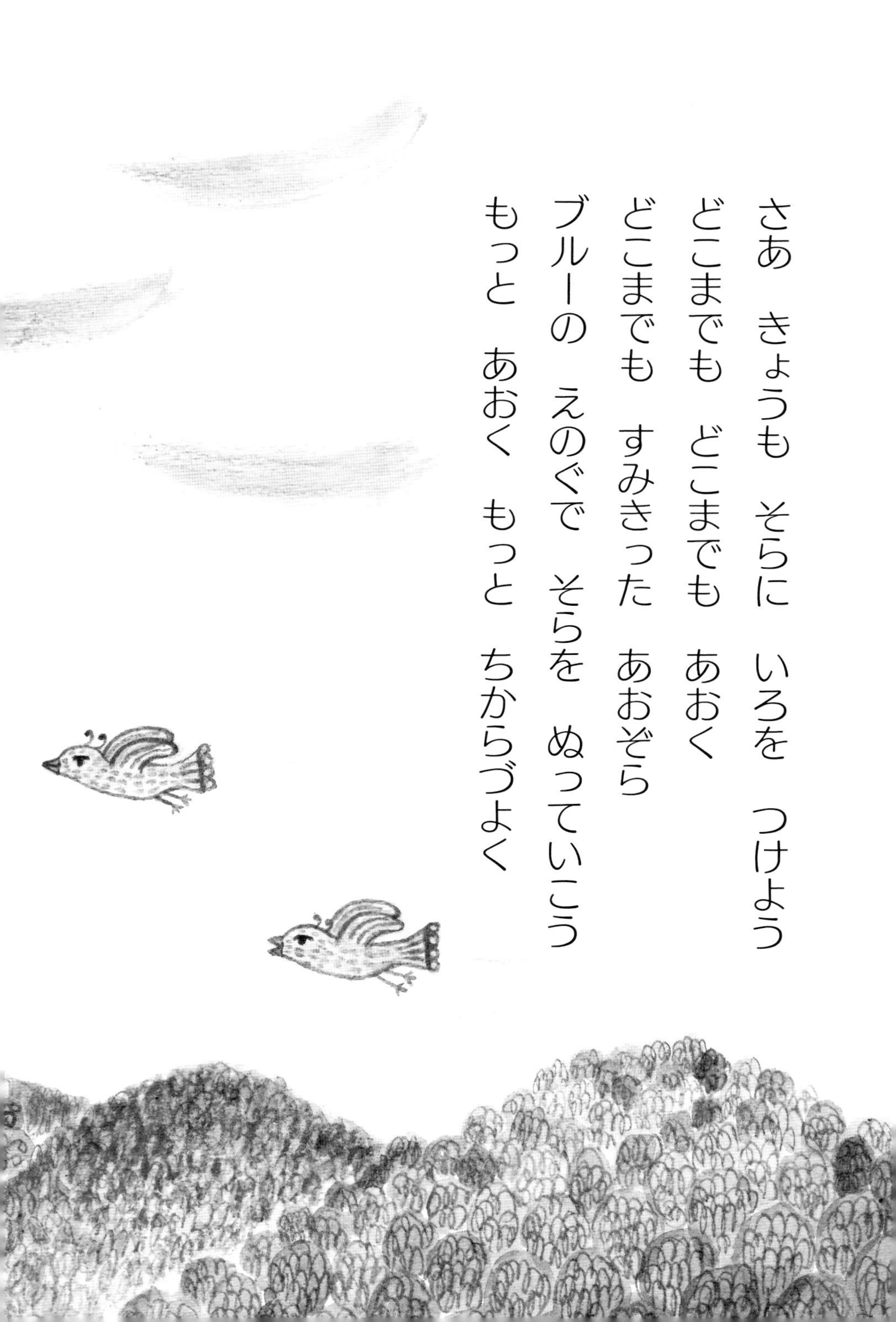

さあ　きょうも　そらに　いろを　つけよう
どこまでも　どこまでも　あおく
どこまでも　すみきった　あおぞら
ブルーの　えのぐで　そらを　ぬっていこう
もっと　あおく　もっと　ちからづよく

そらを　まっさおに　ぬりおえたら
あおのようせいは　とんでいく
ひまわりと　にゅうどうぐもに　みおくられて
いもうとの　むらさきのようせい
パープルと　いっしょに

しろのようせい
おえかきだいすき

あたしの　なまえは　ホワイト
しろいいろのようせいです
しろには　いろが　ない？
そんな　ことは　ありません
ほら　あなたの　まわりを　みてごらん
ハンカチ　けしゴム　マグカップ
ピアノの　けんばん　ノートのページ
スケッチブックの　がようし
デイジーだって　ゆりだって　ばらだって
コスモスだって　あじさいだって
しろい　いろを　もっているでしょ

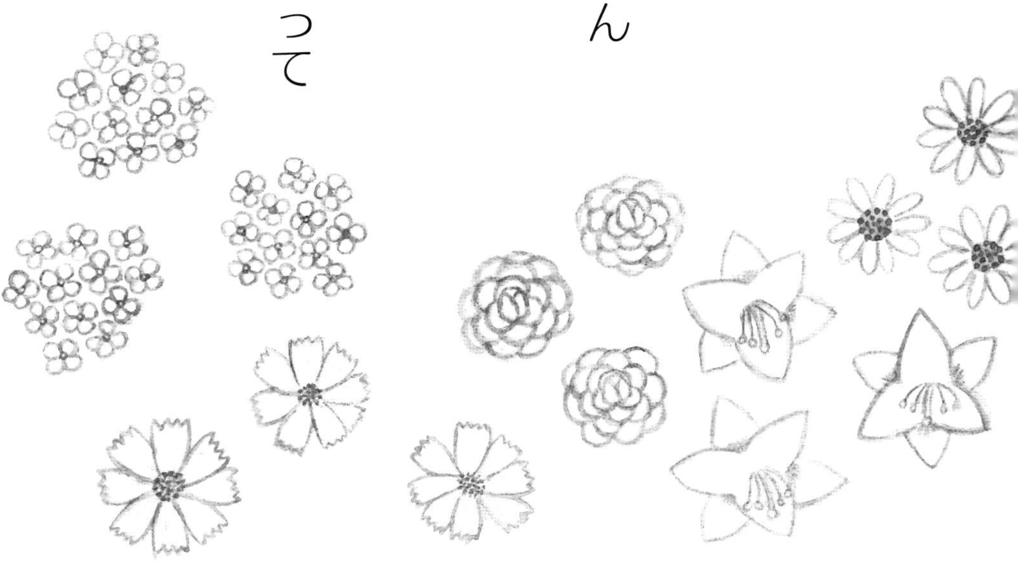

あたしは　いつだって　わくわくしてる
あたしは　いつだって　どきどきしてる
まっさおな　そらに　どんな　えを　かこう

あたしは　おえかきが　すき
さあ　そらに　おえかきしよう
しろい　いろえんぴつと　クレヨンで
まっしろな　くもを　えがいてみよう

かもめの　かたち
ひつじの　かたち
しろくまの　かたち
しっぽを　ふってる　こいぬの　かたち
すやすや　おひるね　こねこの　かたち

くろのようせい
やさしい まほうつかい

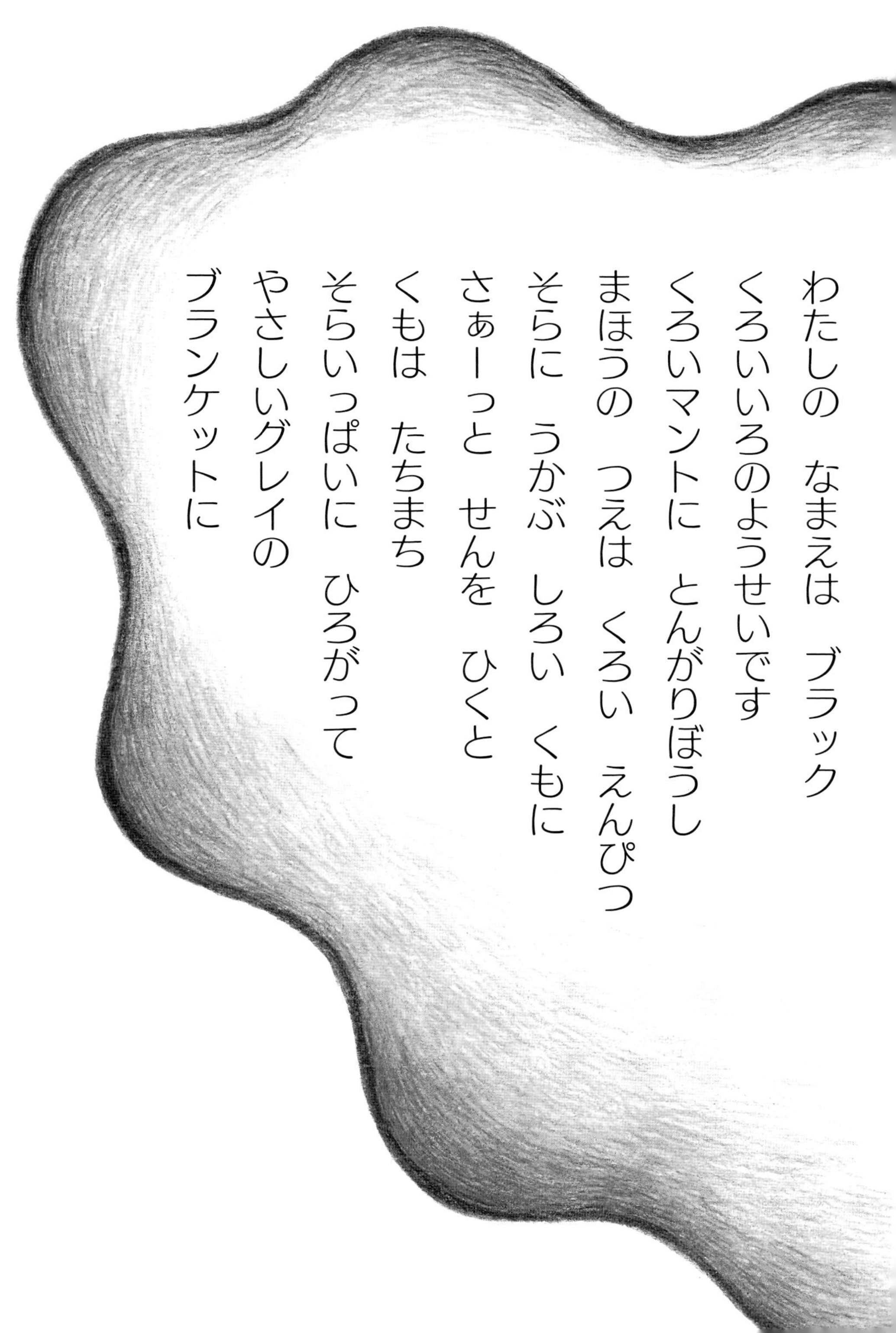

わたしの　なまえは　ブラック
くろいいろのようせいです
くろいマントに　とんがりぼうし
まほうの　つえは　くろい　えんぴつ
そらに　うかぶ　しろい　くもに
さぁーっと　せんを　ひくと
くもは　たちまち
そらいっぱいに　ひろがって
やさしいグレイの
ブランケットに

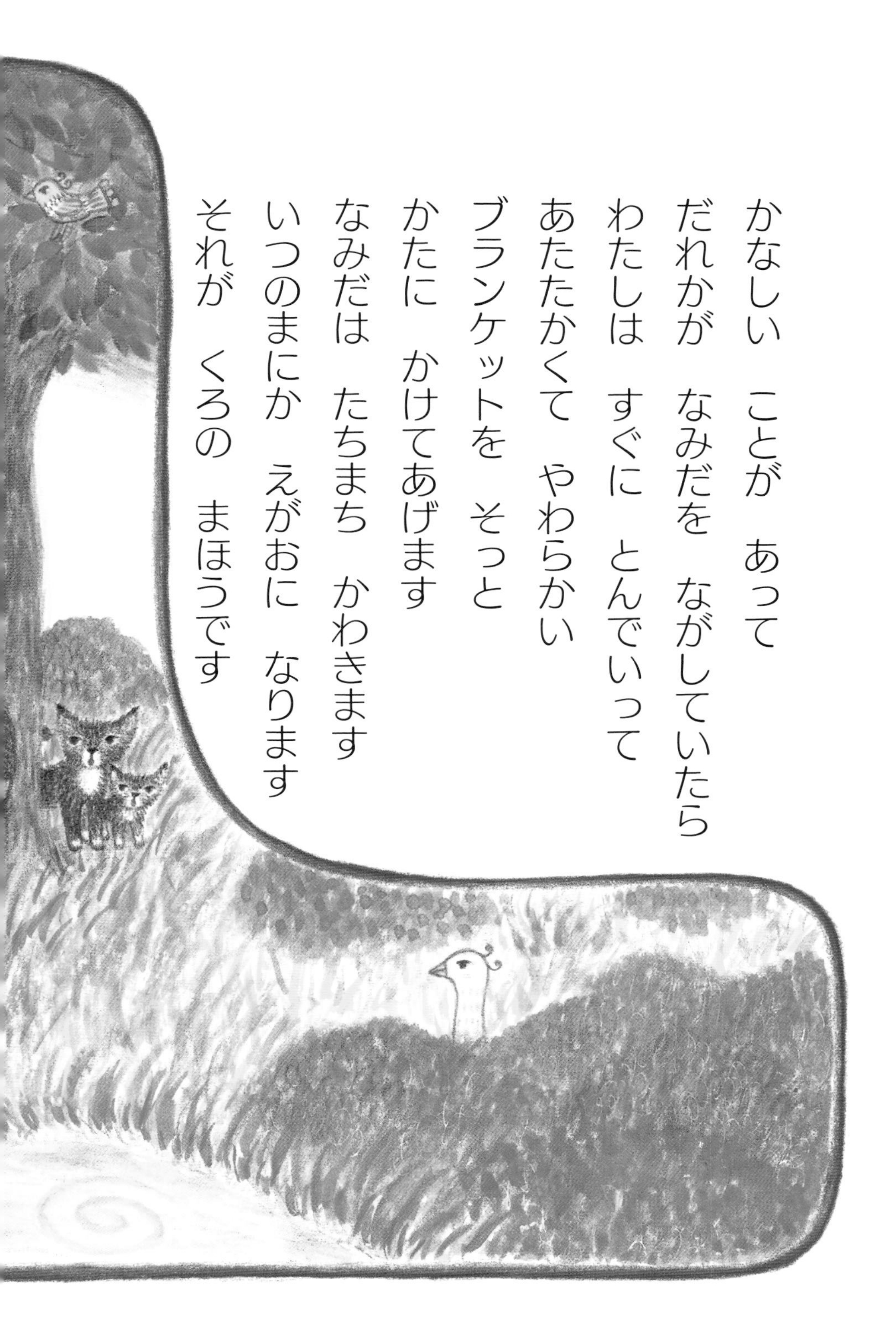

かなしい　ことが　あって
だれかが　なみだを　ながしていたら
わたしは　すぐに　とんでいって
あたたかくて　やわらかい
ブランケットを　そっと
かたに　かけてあげます
なみだは　たちまち　かわきます
いつのまにか　えがおに　なります
それが　くろの　まほうです

さて　こんやは　どんなドレスで
おでかけしましょうか
よぞらの　まほうの　がっこうへ
やさしい　まほうを　おしえるために

みずいろのようせいたちは
みずたまもようが　だいすきです
みずたまもようのレインコート
みずたまもようの　ながぐつを　はいて
みんなで　いっしょに　おでかけします
みずたまもようのバッグに
みずいろのクレヨンを　つめこんで

みんなで　いっしょに　ふらせましょう
あとから　あとから　ふらせましょう
ここから　そこから　あそこから
ぽつぽつ　あめを　ふらせます
もりにも　のはらにも　おはなばたけにも
いけにも　かわにも　みずうみにも
あとから　あとから　ぽつん　ぽつん
ぽつぽつ　ぽつぽつ　ぽつん　ぽつん

もりでは　みんなが　あまやどり
いけでは　かえるが　うたいだす
はっぱの　うえで　だいがっしょう
かわの　ほとりで　まっている
わすれなぐさにも　ふきのとうにも
たくさん　あめを　とどけましょう

ちゃいろのようせい
ものがたりの はじまり

ぼくの　なまえは　ブラウン
ちゃいろのようせいです
くるみ　どんぐり　りすの　せなか
ぼくが　いろを　つけました
ぼくは　チョコレートが　だいすき
ブラウニーと　アーモンドクッキーも　すき
ココアが　だいすき　ミルクコーヒーも　すき
ものがたりが　だいすき
おかしを　たべながら
ほんを　よむのが　だいすき

えだと　えだの　あいだに　こしらえた
ちゃいろのツリーハウスの　なかで
ふゆの　あいだじゅう　ずっと
しずかに　ほんを　よみます
ちゃいろの　ひょうしの　ぶあつい　ほん
たびの　おはなし　ぼうけんの　おはなし
おひめさまと　おうじさまの　ものがたり
ちゃいろの　ねこさんの　ものがたり
ともだちは　もりの　メイプルと　オーク
それから　ポプラと　しらかばも

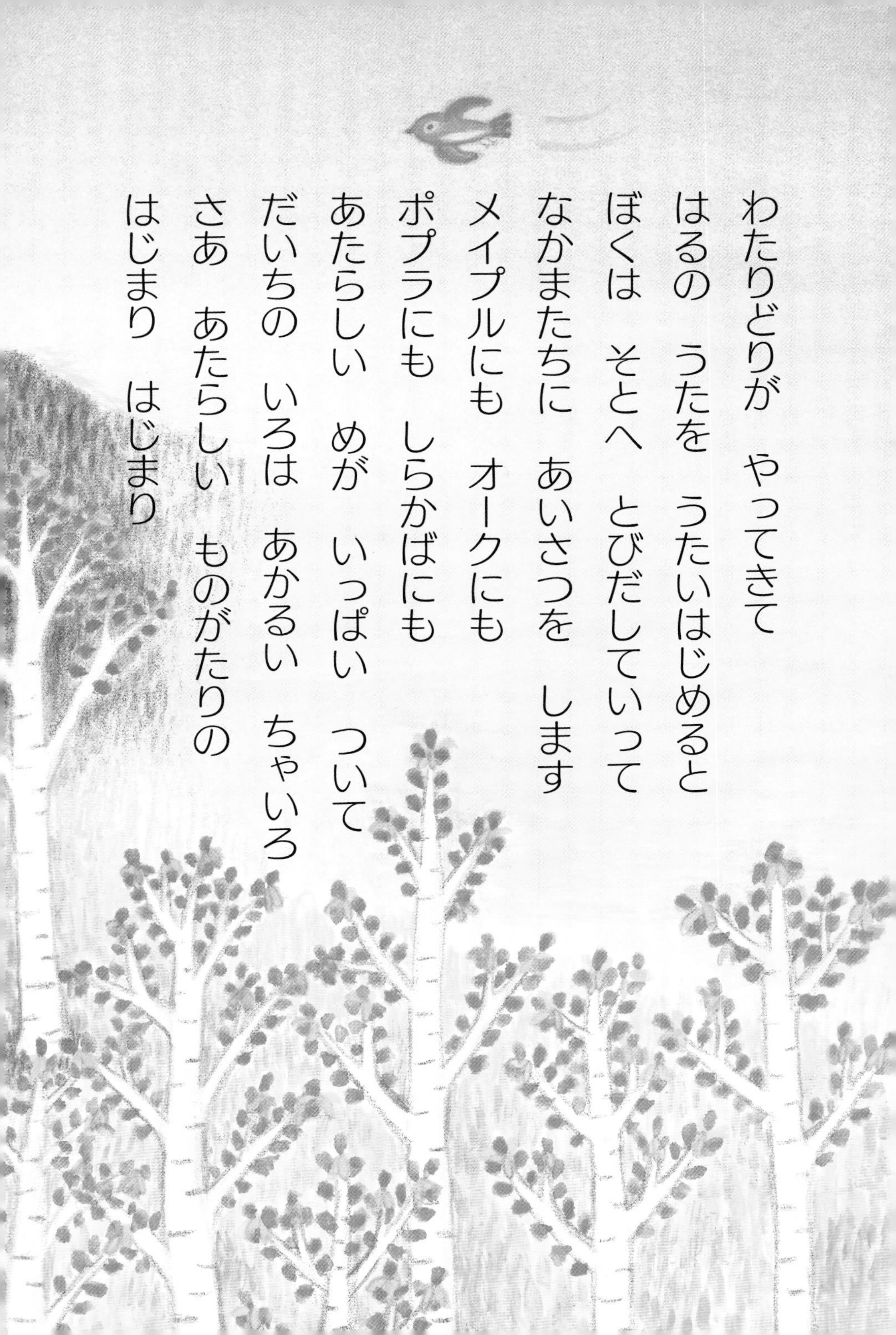

わたりどりが　やってきて
はるの　うたを　うたいはじめると
ぼくは　そとへ　とびだしていって
なかまたちに　あいさつを　します
メイプルにも　オークにも
ポプラにも　しらかばにも
あたらしい　めが　いっぱい　ついて
だいちの　いろは　あかるい　ちゃいろ
さあ　あたらしい　ものがたりの
はじまり　はじまり

みどりのようせい
おひさまだいすき

あたしの　なまえは　グリーンです
げんきいっぱい　みどりのようせい
ブラウンさんから　バトンを　うけとって
もりを　みどりに　そめあげます
きらきら　おひさまと　いっしょに
ときどき　あめたちと　いっしょに
やさいばたけへ　でかけます
キャベツ　レタス　きゅうり　ケール
ほうれんそう　そらまめ　えんどうまめ
いろんな　やさいを　みどりに　そめます
ほら　おいしそうでしょ

かけっこ　おいかけっこ　かくれんぼ
あたしは　そとで　あそぶのが　だいすき
ダンスも　とくい　バレエも　とくい
あたしが　おどると　かぜも　おどって
つぼみも　おはなも　おどります
ちょうちょも　ことりも　おどります
さあ　みんな　きょうは　なにを　して　あそぼう
もりの　しんごうは　いつだって　みどりだよ

きょうは　もりを　とびだして
とおくの　のはらまで　おでかけしよう
ねえ　ブラウンさん　いっしょに　いこうよ
なつの　ものがたりを　さがしに　いこうよ
それとも　ふゆの　あいだに　よむ
あたたかい　ものがたりを
さがしに　いこうか

きいろのようせい
ようきな まほうつかい

きいろのようせいの　なまえは　イエロー
だれも　しらない　ことですけれど
ようきで　あかるい　きいろのようせいは
くろのようせいの　おとうとなのです
おねえさんから　おそわった
とくべつな　まほうを　つかって
のはらの　はなたちを　さかせます

はるが　くると　たんぽぽを
なつが　くると　ひまわりを
さかせているのは　きいろのようせい
なのはな　れんぎょう　クロッカス
すみれに　ばらに　フリージア
いつも　にこにこ　きいろのようせい
あきには　いちょうの　はっぱに
まほうを　かけて　ちらせます

のはな
ひまわり
たんぽぽ

すみれ
フリージア
いちょう
れんきょう
ばら
クロッカス

おはなだけでは　ありません
きいろのようせいは　ふゆに　なると
あなたの　おへやを　たずねます
ほら　あなたの　てぶくろ
ほら　あなたの　マフラー
あなたの　ぼうしも　パジャマも
みんな　みんな　ほかほかの　きいろでしょ
ほら　テーブルの　うえの
できたて　ほやほやのオムレットも
できたて　ほやほやのパンケーキも
パンケーキに　そえられた　バナナと　パイナップルも

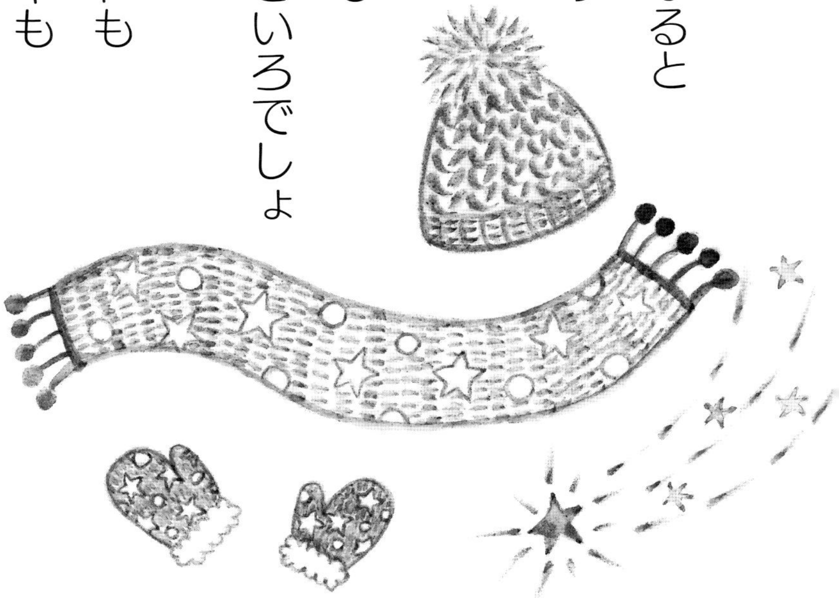

あかのようせい
ひみつのラブレター

わたしの　なまえは　レッドと　いいます
もえあがる　あつい　ほのおの　いろ
じょうねつてきな　こころの　いろ
わたしには　だいすきな　ひとが　います
でも　その　ひとは　きづいていません
かたおもいの　こいの　いろは　あか

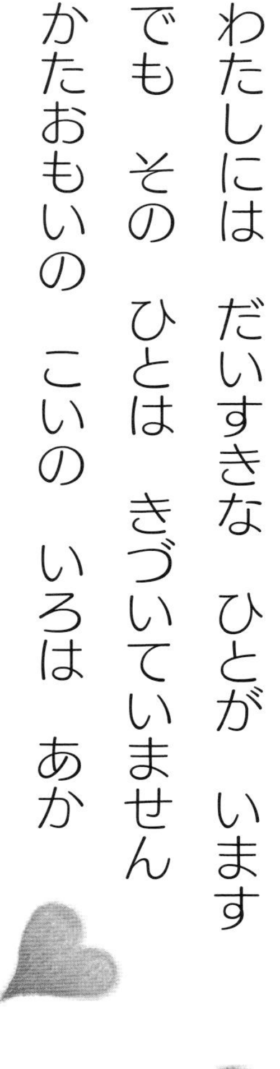

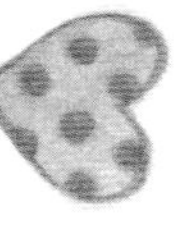

いちごの　あか
チェリーの　あか
ラズベリーの　あか
わたしの　からだを　ながれる
けつえきの　あか
あつい　おもいを　むねに　ひめて
わたしは　はなたちに　いろを　つけます
あかい　ばら
あかいチューリップ
あかいサルビア
あかいハイビスカス

だれもが　ねしずまっている　まよなか
わたしは　てがみを　かきます
あかい　えのぐで　ふちどりを　した　びんせん
これは　ひみつのラブレターです
あかは　きけんな　いろかもしれません
よんでもらえるのか　どうか　わかりません
それでも　あつい　おもいを　したためます
きいろのようせい　イエローさんへ

RED

オレンジいろのようせい

ゆめは なにいろ

オレンジいろのようせいは
おしとやかで　つつましやか
いつも　しずかに　ほほえんでいます
やさいと　くだものが　だいすきです
かぼちゃ　ピーマン　にんじん　トマト
マンゴー　みかん　オレンジ　かき　ほおずき
みんな　なにいろの　ゆめを　みているのかな

オレンジいろのようせいは
みんなが　ねむりに　つく　まえに
そらを　そめあげます
ゆうやけのオレンジいろに
おやすみなさい　たのしい　ゆめを
ぐっすり　ねむった　ようせいたちが
めを　さます　まえには
あさやけのオレンジいろに
きょうも　たのしい
いちにちに　なりますように

ある　ひの　ことです
オレンジいろのようせいは
あおとむらさきのようせいに　さそわれて
いっしょに　とおくまで　でかけました
ねえ　どこまで　いくの
まって　まって
わたしも　ついていくからね
こんなに　とおくまで　きた　ことは
いままでに　いちども　ありません
ねえ　ここは　どこ？

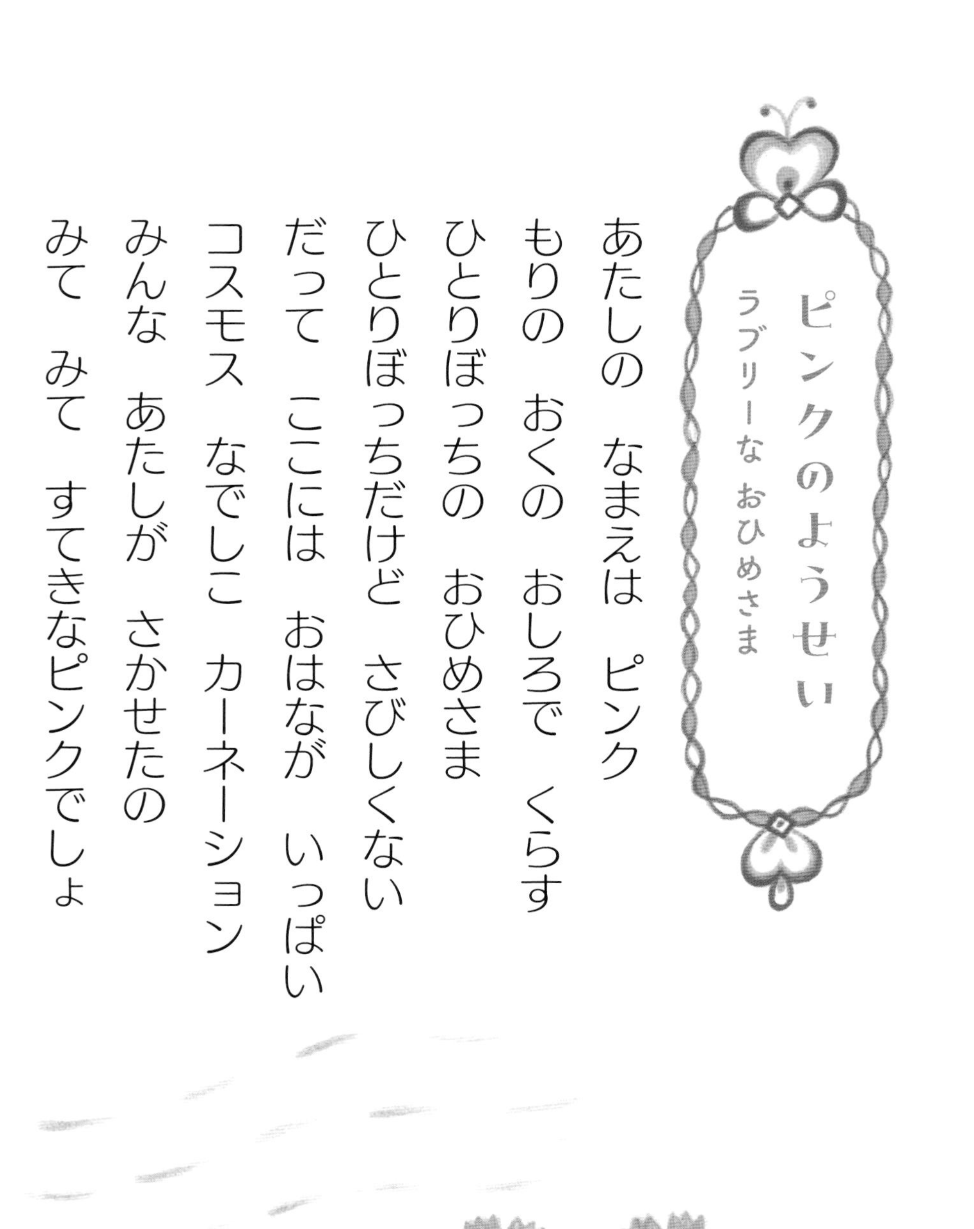

ピンクのようせい
ラブリーな おひめさま

あたしの　なまえは　ピンク
もりの　おくの　おしろで　くらす
ひとりぼっちの　おひめさま
ひとりぼっちだけど　さびしくない
だって　ここには　おはなが　いっぱい
コスモス　なでしこ　カーネーション
みんな　あたしが　さかせたの
みて　みて　すてきなピンクでしょ

ピンクは　とっても　ラブリーな　いろ
あかんぼうの　ほっぺ　くちべに
あまい　あまい　もも　いちごミルク
ねこさんの　あしの　うらの　まるい　たま
だれからも　あいされる　かわいい　いろ
いろんな　ところから　みんなが
ピンクの　おはなを　つみに　くる
アネモネ　ポピー　さくらそう
そっと　つみとって　いちりんだけよ
あとは　のこしておいてね
あざみには　とげが　あるから　きを　つけて

よるに　なると
あたしは　すてきなドレスに　きがえて
ぶとうかいに　でかける
たったひとりの　ぶとうかい
たったひとりだけど　さびしくない
おほしさまと　おつきさまと　いっしょに　おどる
ひとばんじゅう　ひとりで
ピンクのカスタネットを　うちならしながら

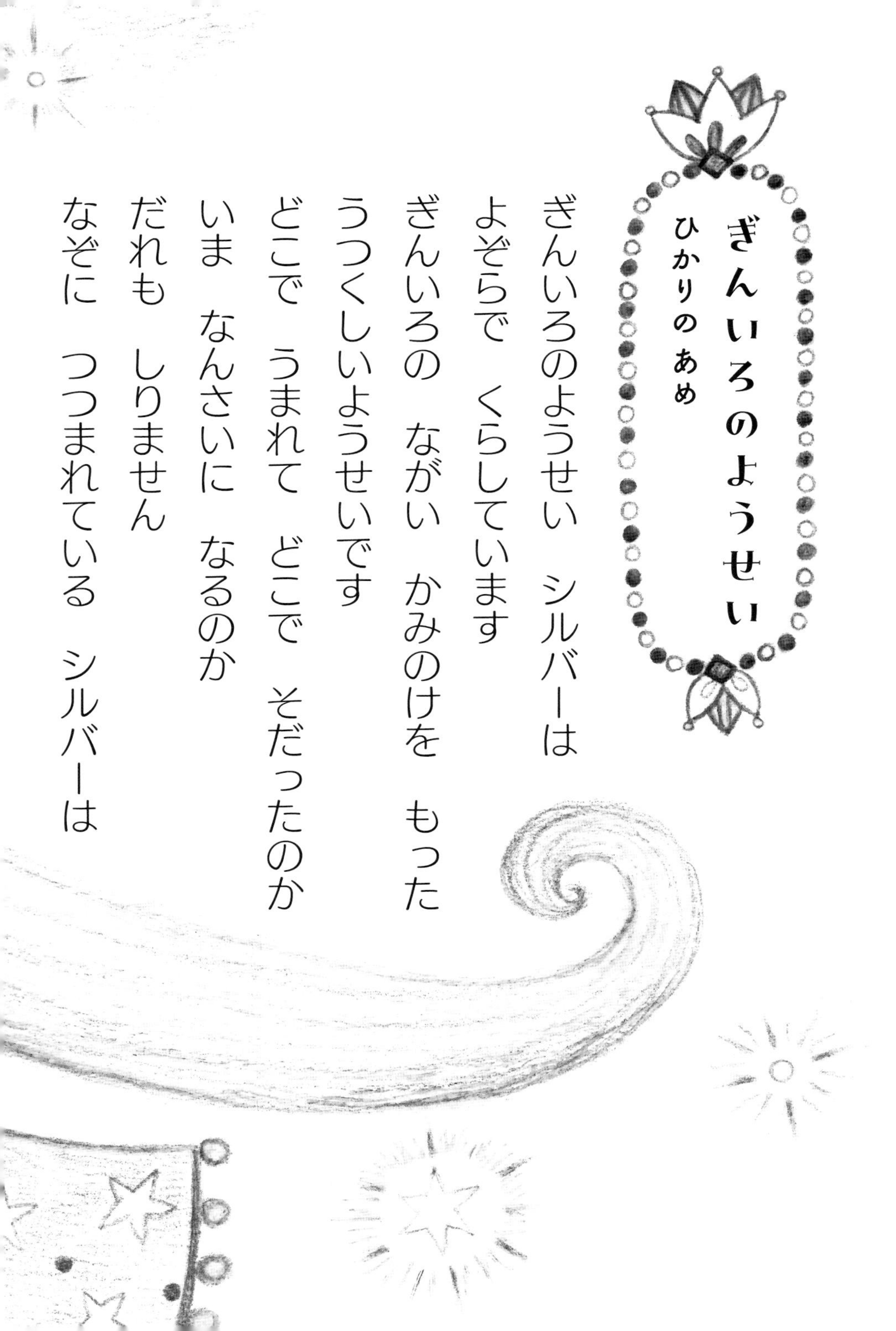

ぎんいろのようせい

ひかりのあめ

ぎんいろのようせい　シルバーは
よぞらで　くらしています
ぎんいろの　ながい　かみのけを　もった
うつくしいようせいです
どこで　うまれて　どこで　そだったのか
いま　なんさいに　なるのか
だれも　しりません
なぞに　つつまれている　シルバーは

えいえんに　うつくしい
よるのようせいです

シルバーは　こんやも
ぎんいろの　いろえんぴつを　てに　して
ほしから　ほしへと　めぐって　いきます
わしざ　はくちょうざ　いるかざ
ほしたちは　それぞれの　ものがたりを
かたりはじめます
ことざは　ことを　かなでます
きよらかな　ぎんいろの　ねいろ
おとは　かぜに　のって　とんでいきます
どこまでも　どこまでも

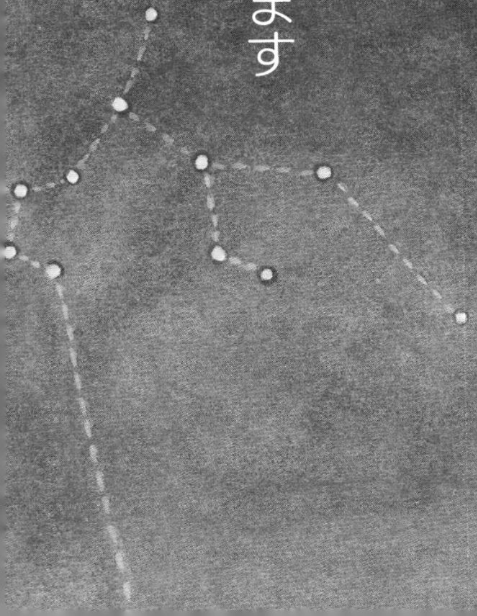

ぎんいろのスプーン
ぎんいろの　うでどけい
ぎんいろのペンダント
ぎんいろの　ほうせきばこ
みんな　シルバーの　たからものです
シルバーは　ぎんいろに　かがやくものが　すき
こんやも　よぞらから
ぎんいろの　ひかりの　あめを　ふらせます
いつまでも　いつまでも

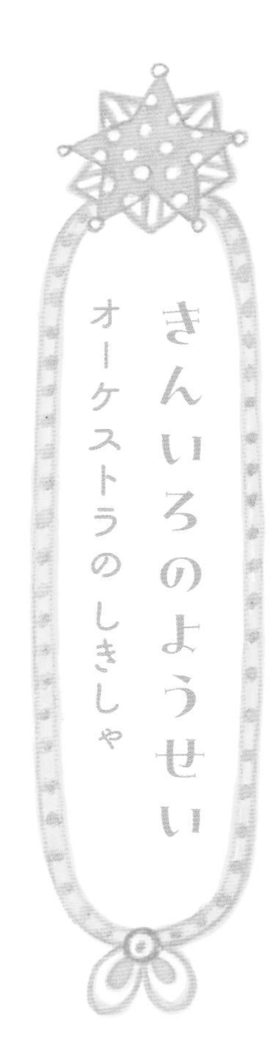

きんいろのようせい　ゴールドは
やさしくて　つよい　おとこのこ
おもいやりが　ふかく　あいじょうぶかく
いつも　ぽかぽか　あたたかい
いつも　みんなを　みまもっている
おうごんのハートの　もちぬし

ゴールドは　オーケストラの　しきしゃ
きんいろのタクトを　にぎって
みんなを　ひとつに　まとめるのが　とくい
きんいろのトランペット
きんいろのチューバ
きんいろのホルン
みんなを　あつめて　おんがくを　つくる
それは　へいわのリズム
それは　よあけのメロディ

みんなの　おんがくに　あわせて
たいようが　すがたを　あらわす
のはらでは　はなが　さく
もりでは　わかばが　しげる
そこらじゅうに　きんいろの
ひかりが　きらきら
おや　あれは　なんだろう
ああ　あれは　さかなたち
さかなたちも　いっしょに
とびはねている
たのしそうに　ぴちぴち

と　そのとき
オレンジいろのようせいが　こえを　あげた
わかった　ここは　うみ
そう　ここは　うみ
さあ　ぼくたちの　でばんだよ
あおと　むらさきのようせいは
うみを　あおく　なみを　むらさきに　そめた
あとから　あとから　ようせいたちが　やってきて
みんなで　ものがたりを　かたりはじめた
そらと　うみと　もりと　たいようと
ほしと　つきと　かぜの　ものがたりを

小手鞠(こでまり)るい

小説家、詩人、児童文学作家

1956年岡山県生まれ。同志社大学法学部卒業。1981年に「詩とメルヘン賞」を受賞。1992年に渡米し、1993年「海燕」新人文学賞を受賞。2005年『欲しいのは、あなただけ』で島清恋愛文学賞、2019年『ある晴れた夏の朝』で小学館児童出版文化賞を受賞。絵本、児童書、一般文芸書など著書多数。くまあやこさんとのコラボ作として「ねこの町、犬の村」シリーズがある。現在、ニューヨーク州ウッドストック在住。好きな色はピンクと水色。

くまあやこ

イラストレーター、絵本作家、版画家

1972年神奈川県生まれ。中央大学ドイツ文学専攻卒業。装画・挿絵作品に『はるがいったら』(飛鳥井千砂／著)、『スイートリトルライズ』(江國香織／著)、『世界一幸せなゴリラ、イバン』(キャサリン・アップルゲイト／著・岡田好惠／訳)、『海と山のピアノ』(いしいしんじ／著)、「ソラタとヒナタ」シリーズ(かんのゆうこ／作)など。絵本作品に『そだててあそぼうマンゴーの絵本』(よねもとよしみ／編)、『きみといっしょに』(石垣十／作)、『狐忠信』(中村壱太郎／作)など。愛犬：ネロ。

シリーズマーク／いがらしみきお
ブックデザイン／脇田明日香

この作品は書き下ろしです。

わくわくライブラリー
ようせいじてん　色(いろ)のようせい 12色+1(しょくプラス)

2024年6月3日　第1刷発行

作　小手鞠(こでまり)るい
絵　くまあやこ

発行者　森田浩章
発行所　株式会社講談社
〒112-8001
東京都文京区音羽2-12-21
電　話　編集 03-5395-3535
販売 03-5395-3625
業務 03-5395-3615
印刷所　株式会社精興社
製本所　島田製本株式会社

KODANSHA

N.D.C.913 79p 22cm ©Rui Kodemari / Ayako Kuma 2024 Printed in Japan ISBN978-4-06-534494-1